AF578136

Accidentalmente los Súper G

Rafael Enrrique Márquez Valerio

EDIQUID

ACCIDENTALMENTE LOS SÚPER G
© Rafael Enrrique Márquez Valerio

Editado por: Corporación Ígneo, S.A.C.
para su sello editorial Ediquid
José Olaya 169, Ofic. 504, Miraflores. Lima, Perú
Primera edición, febrero, 2024

ISBN: 978-612-5142-03-0
Impresión bajo demanda

Hecho el Depósito Legal en la Biblioteca Nacional del Perú N° 2024-00313
Se terminó de imprimir en febrero del 2024

www.grupoigneo.com
Correo electrónico: contacto@grupoigneo.com
Facebook: Grupo Ígneo | X: @editorialigneo | Instagram: @grupoigneo

Reservados todos los derechos. El contenido de esta obra está protegido por leyes de ámbito nacional e internacional, que establecen penas de prisión y/o multas, además de las correspondientes indemnizaciones por daños y perjuicios, para quienes reprodujeren, plagiaren, distribuyeren o comunicaren públicamente, en todo o en parte, una obra literaria, artística o científica, o su transformación, interpretación o ejecución artística fijada en cualquier tipo de soporte o comunicada a través de cualquier medio, sin la preceptiva autorización.

Colección: Nuevas Voces

Índice de contenido

Día 1 11

Planes para el viaje a la finca 23

Accidentalmente los Súper G 31

    Primera parte 31

Superpoderes 35

Desarrollo del secuestro 41

Un grupo de niños, cuyas edades oscilaban entre 9 y 10 años, jugaban al fútbol en una playa de Lima, durante una tarde de verano. Se oían al fondo las olas del mar, el canto de las gaviotas y el cielo azul celeste se reflejaba en el mar. El sonido de la brisa marina se mezclaba con el de las patadas al balón, los gritos, las carreras infantiles de una a otra arquería. Con mucho entusiasmo, habían improvisado los arcos de fútbol con ramas de árboles secos y, durante el partido, se escuchaban los jadeos aderezados con una que otra palabrota de euforia y adrenalina.

A pocos metros de aquel campo deportivo imaginario, en una hamaca colgada entre dos cocoteros enanos, se encontraba acostado el viejo Rafucho Márquez. Sus 75 años de edad no coincidían con su alma y mente veinteañeras: era como si el tiempo no hubiera pasado; en cambio, su cuerpo ya mostraba el paso del tiempo, las arrugas en su piel desgastada y reseca, así como su pelo blanco que hace imaginar la nieve al caer en las montañas, ya que una vez fue tan hermoso como la juventud, evidenciaban el paso inexorable de los años. Rafucho vestía con un pantalón de color beige, unas sandalias negras y una camisa blanca desgastada y arrugada. El viejo observaba con atención a aquellos niños llenos de vitalidad; en consecuencia, un dejo de nostalgia lo embargaba por el tiempo pasado, rememoraba su juventud y los recuerdos hermosos de su infancia.

De pronto el juego se detuvo, uno de los jugadores le reclama a su compañero una acción de juego, en la que pecando de individualista le negó un pase, que de modo hipotético frustró el gol; en todo caso, el reclamo subió de tono, se convirtió en una discusión y terminó en pelea. Con rapidez el viejo Rafucho intervino y separó a los chicos. Con voz clara y fuerte gritó:

—¡Epa, carajo! Sepárense. ¿Por qué pelean? Acaso ignoran que los amigos no deben pelearse, por más grave que sea el problema. A lo que respondió uno de los jugadores airado:

—¡Él no es mi amigo, huevón!

—Un momento, sin groserías. ¿Cómo que no son amigos? ¿Cuánto hace que se conocen? ¿No viven en la misma calle? ¿No se visitan con frecuencia? ¿Conocen las familias de ambos? ¿Van a la misma escuela? ¿Tal vez cursan el mismo grado? ¿Han ido de pesca juntos? ¿Cada uno sabe cuál es la chibola que le gusta al otro? ¡Lo ven, claro que son amigos!

—Bueno, tiene razón, pero éramos amigos ¡Hasta ahorita! Ya no soy más amigo de ese pendejo porque quiere tener el balón solo él y no lo pasa a más nadie —sostuvo, dirigiendo una mirada de rabia al otro chico

—¡Déjense de vainas! La amistad, muchachos, es uno de los regalos más valiosos que tenemos; entonces, un amigo leal y verdadero hace que disfrutemos al máximo la vida y será el mejor apoyo para los momentos adversos: «Hay hermanos que nunca llegan a ser amigos, pero hay amigos que llegan a ser como hermanos».

En consecuencia, en aquel momento todo se transformó, la paz y la armonía invadieron todo el lugar al escuchar aquellas palabras sabias del viejo Rafucho.

Susurrando prosiguió el niño:

—¡No creo que este sea un amigo leal, mucho menos verdadero! —siguió mascullando lleno rabia, lo que provocó otra intervención:

—Niños para cambiar este mal rato los invito a que nos tomemos unas gaseosas, y mientras contaré la historia de cuatro grandes y verdaderos amigos. ¿Qué les parece, muchachos?

—La verdad es que con tanto calor y tanta huevada.

—¡Sin groserías, carajo!

—Perdón, señor Rafucho... Está bien, tengo mucha sed.

Todos se dirigieron al lugar por aquellas gaseosas y así, Rafucho Márquez, empezó el relato.

Día 1

Aquel día fresco y soleado, Daniel Fuentes, en compañía de su hijo estaban en su casa preparándose para comer un rico desayuno: pan tostado con huevitos, tocino y jugo de naranja. Durante el desayuno, ellos conversaban.

—Papá, Rafael Ángel cumplirá años mañana y me invitó para su fiesta de 15 años. ¿Por favor, puedo ir?

—¿Y quién es el papá de Rafael Ángel? ¿Lo conozco? ¿En qué trabaja?

—No sé en qué trabaja papá. Se llama Rafael Márquez, es buena persona, es muy chistoso y nos hace reír, hasta más no poder, con sus ocurrencias.

—Ok, hijo, ¿y de dónde será ese Rafael Márquez?

—No sé, pero el señor es a todo dar, es como nosotros, *full* pana.

—Ok, hijo, te llevaré a la fiesta.

Se llenó por un instante de recuerdos y emocionado rememoró, no creo que sea el mismo Rafael Márquez de la infancia. Sería mucha casualidad.

—Ok, papá, por favor, cuando vayamos a la fiesta me dejas lejos de la casa. No quiero que mis amigos se burlen cuando sepan que me llevas; en todo caso, ya tengo 17 años y me podría ir solo. Me enseñaste a manejar —por consiguiente, propuso—: ¿Mejor me prestas el coche?

—No, hijo, cuando tengas tu permiso de conducir te lo prestaré, por lo tanto, esta vez te llevaré.

Por casualidad a aquella fiesta también asistirían los hijos de Luis Romero y Alexander Bottini.

Al día siguiente el clima se presentó variable de frío a calor, común en Lima, con su cielo gris que hace perder el sentido de la realidad al entremezclarse con sus montañas y dar la impresión de ser una sola imagen. Danielito y su papá salieron rumbo a la escuela, en el trayecto de la casa a la escuela le recordó:

—Papá, acuérdate que hoy es el cumple de Rafael Ángel.

—Está bien. ¿A qué hora es la fiesta?

—A las 9.

—Ok.

Llegaron a la escuela, se estacionaron cerca y se despidieron.

—Bendición.

—Dios te bendiga, nos vemos.

—Ok.

Danielito pasó todo el día en la escuela con muchas actividades y tareas. Al salir, su padre lo esperaba.

—Hola. ¿Qué tal tu día en la escuela?

—Bien, pero estoy *full* cansado de tantas tareas, tengo tanta hambre que me comería un chanchito completo.

—Vámonos para que te eches un buen baño, cenes y descanses.

Su padre dio marcha al coche y se dirigieron a la casa en medio de un tráfico tenso, el cielo gris oscuro limeño marcó el regreso. Después de una hora de camino llegaron. Danielito fue directo a su cuarto para bañarse y prepararse para cenar. Cenaron y la tarde terminó con los quehaceres cotidianos de siempre; ahora bien, al caer la noche, cerca de las 8 y 30, Danielito ya estaba vestido de manera elegante con un traje negro y zapatos deportivos blancos, listo para ir a la fiesta de su amigo Rafael Ángel.

—Ya estoy listo, nos podemos ir ya a la fiesta, por favor, es que quiero llegar temprano.

—Está bien, dame un minuto busco la chaqueta y nos vamos.

Salieron rumbo a aquella fiesta, justo antes de llegar a la fiesta, Danielito le recordó:

—Papá, déjame por aquí, por favor.

—Está bien. ¿A qué hora paso por ti?

—Te llamo al terminar la fiesta.

—Está bien, pero trata de que no sea demasiado tarde, recuerda que mañana tengo trabajo temprano y no quiero trasnocharme.

—Ok.

Salió Danielito rumbo a la fiesta, y Daniel, como buen padre, estacionó el vehículo en un lugar cercano y fue a dar un vistazo al lugar de la fiesta. Caminó hasta la casa, se apoyó y, al asomarse por una ventana de uno de los laterales de la casa, miró y constató con sorpresa que el anfitrión de la fiesta era su mejor amigo, Rafael Márquez.

De inmediato, hizo una regresión hacia aquellos recuerdos inolvidables, rememoró las múltiples travesuras que le hizo Rafael: haciéndole calzón chino en la piscina; dándole leche cortada en casa de su mamá; tirándolo en la piscina sucia y pensativo meditó: ¡qué recuerdos! Pero no se atrevió a pasar a la fiesta para hablar con su amigo, decidió más bien caminar un rato y esperar a que terminara la fiesta.

Cuando decidió retirarse e iba saliendo del lugar, sin saber de dónde, las luces de una patrulla de la policía iluminaron a su carro. Daniel, al darse cuenta pensó que se lo iban a llevar preso porque los vecinos lo habían visto por el lugar, merodeando. Temeroso intentó huir, pero aceleró y chocó contra un vehículo que, en aquel instante, estaba saliendo de la la fiesta. Impactó al carro por un costado; así pues, el conductor, al ver que lo chocaron, se bajó molesto a discutir con Daniel y colocando su mano abierta al frente expresó molesto:

—¿Estás loco? ¿No te percataste por dónde ibas? ¿Cómo te atraviesas así? ¿Acaso te ganaste el permiso de conducir en una caja de cereales?

El conductor del otro coche resultó ser Luis Romero, su otro amigo de infancia, el cual, sin reconocerlo aún, contestó:

—Un momento no me grites, además tú eres el culpable y te voy a demandar porque soy abogado y me conozco bien las leyes de la constitución y las leyes de tránsito...

En aquel instante, Daniel Fuentes lo miró y por el tono de voz cayó en cuenta de que era Luis Romero. Al reconocerlo su pecho se llenó de sentimiento no pudo ni respirar, era una mezcla de alegría y nostalgia como queriendo llorar, pero al mismo tiempo reír. Quería correr y abrazarlo y, en consecuencia, ya cuando estuvo sereno y recuperó el equilibrio emocional agregó:

—Señor, tranquilo, cálmese. Estamos a mano.

Luis Romero asombrado y pensativo, sin reconocerlo todavía, espetó:

—¿Cómo? ¿Está loco? ¿Se fumó una caja de rocotos picantes? ¡Me tiene que arreglar el coche!

—Claro, como ahora eres abogado, ya no reconoces a los amigos. Bastante que me jodiste la paciencia cuando éramos niños.

Al oírlo lo miró e inmóvil, como si el tiempo se hubiera detenido, pasaron frente a sus ojos las imágenes de aquellos recuerdos de su niñez, reconoció a su amigo de infancia. Aunque ahora era calvo, pero resultaba inconfundible.

—No lo puedo creer, Daniel. ¿Dónde te habías metido, hermano?

Recordó cuando dejó la patineta de Daniel debajo de las ruedas de una gandola, o cuando chocó el monopatín de él, contra la patrulla de la policía y salieron corriendo asustados.

En aquel momento, al ver la discusión en medio de la pista que mantenían Daniel y Luis, la patrulla de la policía se detuvo.

Se bajó un funcionario policial, todavía con las luces de la costelera encendidas y tocando su sirena al mismo el tiempo. El oficial abrió la puerta del vehículo, como en las películas de acción, bajó la pierna izquierda, la apoyó en la pista y se asomó colocando su brazo izquierdo por encima de la puerta. El oficial los miró y hablándoles por el parlante del coche dijo:

—Quedan arrestados por el delito de alteración del orden público en este Distrito.

Este funcionario policial resultó ser Alexander, el amigo de infancia que faltaba.

—Disculpe, señor oficial, aquí hay un mal entendido lo que pasó aquí fue que...

Cuando Daniel quiso explicar lo ocurrido, fue interrumpido por Luis:

—Un momento, señor oficial, soy abogado y conozco bien la ley en todos sus artículos. Aquí no hay ninguna alteración del orden público, está muy equivocado.

—Señores, esto pasó a mayores se tiene que arreglar en el comando. Ya que manifiesta que es abogado, por favor, denme sus licencias de conducir, los papeles de los vehículos y sus permisos respectivos.

Al revisar, en las licencias de conducir, los nombres de Daniel Fuentes y Luis Romero. ¡No pueden ser! ¡Qué alegría! Con razón me parecieron conocidos y le vinieron sus recuerdos infantiles:

Alexander y Luis echándole pintura en carnaval a Daniel; trasquilándole el pelo, afeitándoles las cejas y pintándolo como una mujer cuando se quedó ebrio y dormido en la fiesta de cumpleaños de la mamá de Alexander. Aquello parecía un momento mágico lleno de recuerdos inolvidables. El oficial salió del trance rememorativo en el que estuvo y reaccionó con un rostro de entremezclado de maldad y felicidad.

—Disculpe, ciudadano —refiriéndose a Daniel—. ¿A usted nunca lo han trasquilado el cabello y depilado las cejas cuando chiquito?

—¿Y cómo sabe eso, es adivino? —manifestó asombrado.

Luis, que ya había reconocido al funcionario policial, al unísono contestaron muertos de la risa:

—Porque fuimos nosotros ja, ja, ja.

Todavía confundido, atinó a decir:

—Coño, lo que me faltaba. Mis dos amigos de infancia todavía me siguen jodiendo la paciencia.

En aquellos minutos mágicos llenos de risas, confusión y recuerdos, los tres amigos se abrazaron, brincando de alegría en círculos, parecían niños.

—Muchachos, a que no saben de quién es la fiesta —exclamó Daniel.

—¿De quién es?

—De Rafael Márquez.

—¡Muchacho! ¡No puede ser! Allí está mi hijo también, voy a llorar de la emoción y yo había dicho que hoy sería un día aburrido. ¡Gracias, Diosito! Por escuchar mis plegarias.

—Tengo un nudo en la garganta, es que fueron tantos los recuerdos hermosos de la infancia. Tengo una idea, amigos, ¿por qué no le jugamos una broma a Rafael Márquez? Mientras esperamos a que salgan nuestros hijos.

—Noooo. ¿Tú eres loco? ¿Y si llaman a la policía?

Daniel y Luis contestaron esta vez:

—¿Acaso eres Spiderman?

—Ja, ja, ja —rieron todos.

—No sé, no sé. Me pueden reportar y suspender la licencia policial, tal vez por mucho tiempo.

—Tranquilo Alex, soy abogado, reconocido y respetado en toda Lima, te puedo ayudar a salir de la cárcel, ja, ja, ja...

—Está bien lo haré por nuestra amistad, pero tengo una idea muchachos.

Se pusieron de acuerdo y planearon lo que harían; así pues, caminaron hacia la casa de Rafael que estaba situada en Surco, unos de los lugares más refinados de Lima.

Alexander se acercó, tocó el timbre de la casa y al sonar preguntaron desde el interior de la vivienda: «¿Quién es?» y respondieron «somos invitados de la fiesta»; no obstante, al abrir la puerta Rafael Márquez se consiguió con dos hombres, uno de ellos uniformado:

—Buenas noches, señor, tenemos una denuncia telefónica manifestando que en esta fiesta hacen mucho ruido y ha molestado a los vecinos. Además, a esta hora de la noche no pueden estar fuera de sus casas menores de edad, mucho menos consumir alcohol. Constituyen faltas y son penadas con multas o cárcel, según la gravedad del caso.

En ese momento, por una ventana lateral de la cochera se introdujo Daniel hacia uno de los cuartos, para embromar a Rafael.

—¿Está loco? ¿Sabe con quién está tratando? Soy el doctor Rafael Márquez y tengo influencias, incluso el comandante de la policía es mi amigo y puedo llamarlo para reportar su intromisión.

—¿Ah, es amigo del comandante «patas flacas»?

—¿Cómo dices? ¿No respeta al comandante? ¿Qué clase de policía es? ¡Ya lo voy a llamar!

—¡Un momento, no llamará a nadie!

—Claro que lo llamaré. Señor oficial, ya le dije que soy el doctor Márquez, una persona honorable y están interrumpiendo una fiesta privada, seria y decente. ¡Tengo todos los permisos para hacer esta fiesta!

En aquel momento, salió de una habitación a otra Daniel con un hilo dental rojo puesto entre sus nalgas caminando con su colita parada y unos tacones rosados que había encontrado en la habitación de la esposa de Rafael Márquez; con una peluca rubia, riéndose de forma picara y haciendo movimientos coquetos; escondiendo su rostro con las manos colocadas en sus labios. Cuando Daniel entró a la otra habitación del frente, desapareció de la vista de todos, pero el doctor quedó sin palabras y nervioso y con la voz quebrada sostuvo:

—Puedo explicarle que está pasando, no tengo ni idea de quién es esa niña, se lo juro, señor oficial.

—A partir de este momento ¡queda arrestado por el delito de abuso de menores!

—Señor oficial, esto ha de tener una explicación, no entiendo nada. ¡Por Dios, lo juro!

—Claro, todos dicen lo mismo al momento de la captura. No me diga que va a llorar doctorcito Márquez —se confabuló Luis.

—Por favor, abogado Luis, traiga a esa menor de edad que pasó para la habitación para interrogarla, antes de llevarla al comando policial con este bichito que tenemos al frente.

—Sí señor oficial —llevando su mano derecha a su frente y haciendo un gesto de saludo militar, caminó y procedió a traer a la «menor de edad».

Enseguida prosiguió, cuando la tuvo al frente, con un interrogatorio improvisado:

—Diga: ¿fue abusada por algún miembro de esta fiesta?

—Sí, señor policía, contestó la niña —con una voz tímida y tapándose el rostro con sus manos.

—¿Podría identificar al abusador?

—Sí señor —respondió con seguridad, señalando a Rafael.

Ante aquella respuesta, Luis lo miró con rabia y gritó:

—¡Viejo enfermo! ¡Pervertido!

—Señor oficial, no sé de dónde salió esa niña, no sé quién es ¡por Dios!

—¡Cállese la boca, viejo baboso! Por este delito le darán muchos años de cárcel, los niños no se tocan. Pagarás muy caro, doctorcito, ya que a los abusadores de menores los transforman en la cárcel.

—¿Cómo es eso? —inquirió Luis, asustando más a Rafael que a esta altura ya quería llorar.

—Te voy a dar un ejemplo: el bichito este es doctor, ¿verdad? De la cárcel saldrá como doctora.

—¡Ay, por Dios, soy inocente! Señor oficial, ¿cómo podríamos arreglarlo? Tengo dinero, les aseguro que no tengo la menor idea de lo que está pasando. ¡Soy inocente, se los juro por Dios!

—Además nos quiere sobornar con dinero. ¿No sabe que por tratar de sobornar a un oficial se le sumarán de diez a doce años más de cárcel? —anota eso.

—Ok, señor oficial, así es.

—¿Qué más le propuso o le hizo el doctorcito?

—Me llevo al cuarto, me quitó el polo con lentitud y después la falda...

—¡Eso es mentira! —Rafael estaba de infarto.

—¡Cállese! —mirándolo con molestia le preguntó de nuevo—: ¿Qué más le hizo? Conteste sin temor.

—Señor oficial, la verdad es que nada.

—¿Cómo que nada? Di la verdad sin miedo.

—Entienda, ella está mintiendo. ¿Oyó que no le hice nada?

—¡Cállese, pervertido! ¿Cómo es eso que no le hizo nada?

—Bueno, sí hizo...

—¡Es mentira! Di la verdad, niña, mi mujer me va a matar. ¡Por Dios, di la verdad! —agregó casi llorando Rafael.

—¡Cállese!

—No me hizo nada porque no se le levantó el lazarín.

—¿Que no se le paró el lazarín al doctorcito?

—¡Eso es mentira! —gritó el doctor—. ¡Sí se levanta!

—¿Cómo? ¿Es decir que sí lo hizo?

—No, señor. ¡Por Dios! No entiende lo que quise decir.

—Bueno, les voy a decir la verdad —intervino la supuesta niña.

—Claro, niña, di la verdad, no tengas miedo.

—Él sí hizo.

—Claro, nosotros también sabemos que lo hizo.

—No hice nada, no hice nada —decía desesperado Rafael.

—Claro que si viejo baboso. Dinos ya, ¿qué hizo, niña?

—¿Se lo digo, señor oficial?

—Sí, dinos ya, niña, por favor. ¿Qué hizo?

Daniel, quitándose la peluca, los tacones y el hilo dental rojo, soltó una carcajada:

—Hizo... ¡el papel de ridículooooooo, ja, ja, ja!

Rafael no entendía nada.

—¿Que está pasando aquí? ¡No entiendo, por Dios, me van a matar de un infarto! ¿Qué pasa?

—¡Caramba! ¿No nos reconoces? Somos Daniel, Luis y Alexander, tus amigos de la infancia.

—¡No puede ser! Pensé que era una especie de extorsión. ¡Coño, qué alegría! Casi me cago los pantalones —dijo con una risa temblorosa y los invitó a pasar—. Vengan, vamos a entrar a la fiesta, muchachos. Para hablar mejor. Claro, ustedes dos nada más —y miró de reojo a Daniel, con un poco de confusión—. Porque mi mujer se puede molestar si traemos a la casa a esta niña menor de edad ja, ja, ja —se rieron ante la ocurrencia.

Alexander le dijo a Rafael mientras caminaban hacia su casa, abrazándolo por su hombro y con mucha picardía, mirándolo de reojo:

—Márquez, ¿conoces al comandante de la policía?

—¡Claro! ¿Por qué? ¿Necesitas un favor? Pídeme lo que quieras, es como un hermano.

—¿Seguro que te puedo pedir lo que sea?

—Sí, dime.

—Está bien, no le digas al jefe que lo dijo «el patas flacas».Lo dije jugando ja, ja, ja —sonriendo, se dirigieron a la casa.

—¡Tremendo susto me dieron, muchachos! ¿Qué me iba a imaginar que Alexander es policía y que Luis es abogado de la República del Perú? ¿Y tú, Daniel, a qué te dedicas?

—Daniel es ingeniero de Refrigeración Vial —se adelantó a contestar Alex.

—¿Cómo es eso? Explícame…

—Es heladero de la República ja, ja, ja.

Reían, mientras en el salón de la casa los adolescentes se divertían, bailando con locura, tomando gaseosas, eufóricos, oyendo la música electrónica del momento; por consiguiente, no tuvieron la más mínima idea de lo que había ocurrido afuera de la casa con sus papás.

Planes para el viaje a la finca

Mientras los cuatro amigos compartían en la fiesta, disfrutando de todo, tomando refrescos, comiendo tequeños que les trajo el anfitrión, Luis aprovechó la ocasión y manifestó:

—Amigos, si Dios o la casualidad de la vida nos ha unido otra vez tiene que ser por un propósito. Demasiado fuerte porque creo en el destino.

En ese momento, todos miraron a Daniel y fue como si el tiempo se hubiese detenido ante ellos, se miraron uno al otro y recordaron la infancia, regresaron a aquellos tiempos y se contagiaron con una sonrisa cómplice y pícara aquellos cuatros amigos. Daniel agregó con cara de preocupación:

—Por otra parte, muchachos, ya somos adultos. Comportémonos, estudié taekwondo, no me hagan hacer uso de esta arma mortal.

Ante la ocurrencia, se miraron y rieron. Rafael propuso entonces lo siguiente:

—Muchachos, tengo una finca a cinco horas de aquí y podemos hacer una fiesta solo para hombres y recordar aquellos viejos tiempos. ¿Qué les parece?

—Sería maravilloso —acotó Alexander—. Hace tiempo que no me relajo un poco y salgo de la rutina.

—Está bien, muchachos.

En aquel momento, emocionados todos, llevaron sus manos al centro, las colocaron una sobre la otra, y con un grito de alegría gritaron: «¡Síííííííííí!!».

—Bueno, amigos, intercambiemos nuestros números de teléfono para llamarnos y encontrarnos en un lugar para salir todos en un mismo coche ese día.

—Estoy de acuerdo —dijo Daniel y todos respondieron «ok» como muestra de aceptación.

Después de disfrutar de la fiesta un buen rato, llamaron a sus hijos, se despidieron y regresaron a sus casas para hablar con sus esposas. De esta manera, cada uno comunicaría en su hogar que compartirían un fin de semana con sus amigos de infancia. Todas las esposas aceptaron.

Daniel fue el primero en comunicarle a su esposa, ella al principio se negó argumentándole:

—Amor, recuerda que dependes del dinero diario para mantener a nuestra familia. En todo caso...

Respiró profundo, tomó aire, lo miró y se imaginó a Daniel con su carrito de helados subiendo la cuesta más alta de Lima, bañado en sudor y sediento, tratando de llegar a una escuelita, subiendo a lo más alto para vender sus helados todos los días. Hizo un gesto en su cara por unos segundos y le dijo:

—Ok, amor, te lo mereces, pero solo esta vez te voy a dar permiso no te acostumbres.

Asombrado y más contento que muchachito comiendo helado porque su esposa le permitió ir a la finca, se acercó a su pareja, la abrazó y la besó diciéndole:

—Gracias, cochita linda.

Por otra parte, Alexander mientras cenaban le manifestó a su esposa:

—Amor, este fin de semana me iré de comisión, será un trabajo de inteligencia regresaré el lunes, ok.

Acostumbrada a que Alexander saliera de comisión, asintió.

Rafael Márquez y Luis les comunicaron a sus esposas un día antes de la salida y llegaron a un acuerdo.

Llegó el fin de semana en que los cuatro amigos salieron a aquel paseo que cambiaría sus vidas para siempre.

Daniel llamó a Rafael, al escuchar sonar su móvil, contestó:

—Amigo, estoy en el lugar en que habíamos quedado.

—¿Dónde es?

—Frente al centro comercial.

—Ok, voy para allá.

Rafael y Alexander, previo acuerdo, ya habían llegado al lugar de encuentro.

Al coincidir los cuatro, en el centro comercial, se saludaron. Luego se fueron en la camioneta negra de Luis, dirigiéndose a la finca. Durante el trayecto, mientras conversaban de distintos temas, Alexander manifestó:

—Muchachos, desde pequeño he tenido un deseo reprimido. Les contaré, pero no se burlen.

—¡No me jodas! No me digas que te gustan los hombres y te quieres poner senos, mira que tengo sangre para esas maripositas. Hey, tú no vas a dormir conmigo en la misma cama —respondió Daniel.

—¿Estás loco? Primero muerto que bañado en sangre.

—¿Cuál es tu deseo? —preguntó Rafael.

—No, se van a reír.

—No vale, tranquilo. Ya sabemos que no eres gay, además el único que de verdad tiene cara de gay aquí es Luis —agregó Daniel.

Luis se sorprendió al oírlo.

—¡Quéééééé, ya quisieras tener esta cara!

—Bueno dejemos a Alexander que se desahogue y diga cuál es su deseo reprimido.

—Contesta.

—¡Pero habla ya, chucha madre!

—Muchachos toda la vida he querido pararme en la carretera, agarrar un cubo de higos (de esos que venden en la vía), montarlo al carro y salir corriendo a toda marcha, sin pagar... No sé cómo explicarlo.

Todos se vieron las caras y se desarmaron de la risa, mientras iban rumbo a la finca de Rafael, en aquel momento, intervino Daniel:

—Qué monstruo eres —lo remeda burlándose de Alex y con voz aniñada agregó—: Tengo un deseo: robar un cubo de higo.

—¿Estás loco?

—No se burlen, mejor apoyamos a Alexander porque nunca se sabe. A lo mejor Dios nos unió para que cada uno de nosotros cumpliéramos nuestros sueños o deseos reprimidos. ¿Qué sabemos nosotros sí cuando regresemos a Lima en un enfrentamiento matan a Alexander? —añadió Luis.

—Que maten a tu abuela en tanga. ¡No me quieras tanto! —se hizo la cruz y se persignó.

—Hagámoslo —apuntó Rafael.

—De acuerdo —dijeron los amigos—, hagámoslo.

En plena vía y a unas tres horas de camino de Lima, en unas casitas de ventas de todos tipos de dulces y frutas, situada a la orilla de la carretera visualizaron unos cubos de higo.

El carro que es conducido por Luis se detuvo a unos treinta metros de la casita y Alexander se preparó, abrió la puerta del coche, bajó del vehículo haciéndose el distraído, esperó que las personas en el lugar se descuidaran para hacer el robo.

Alex se acercó, inclinándose tomó el cubo de higo y corrió con él hacia el coche con una velocidad y un brillo en sus ojos increíbles, era como si hubiese robado el tesoro más valioso del mundo y su vida dependiera de aquello.

Todos, para darle ánimo a Alexander, gritaban:

—¡Corre, corre, corre!

Pero como siempre en el grupo hay uno más chistoso que otro, Daniel le gritaba:

—¡Corre, Forrest! ¡Corre, Forrest!

Y todos al oírlo se desarmaron de la risa. No obstante, sin saber de dónde, salió un anciano vestido de braga marrón con tirantes y un sombrero de paja portando una vieja escopeta de cañón largo y disparó contra el carro mientras gritaba:

—¡Ladrones, ladrones!

Por suerte aceleraron el coche y no pasó a mayores.

Al final, montaron lo sustraído: el valioso cubo de higo de Alexander. Al subirse al coche se le notaba una cara de felicidad que no tenía precio.

Una vez montado en el coche, acotó Daniel:

—Hermano, ahora entiendo por qué eres oficial de policía y con seguridad te puedo decir que sentí la adrenalina corriendo por mis venas y eso que el cubo de higo lo traías tú ja, ja, ja —rieron a más no poder y decidieron no hacer más paradas en la vía.

En plena pista, ya cerca de la finca, visualizaron un desvío y entraron por una carretera de tierra y después de recorrer unos quince minutos de camino llegaron al destino.

Al atardecer cuando llegaron a la finca de Rafael, Luis detuvo el carro mientras Daniel abrió el portón quitando un candado de fierro y entraron a la finca. Cuando llegaron Rafael les dijo:

—Están en su casa.

—Esconde todos los cubos de higo que tengas en tu casa que aquí ha llegado el devorador de higo.

—Ya, déjalo tranquilo, Daniel.

—Solo jugaba un poco. ¿Qué les parece si hacemos una fogata antes de que nos caiga la noche?

—¿Y dónde te parece que hagamos la fogata? —preguntó Alexander.

—Cerca de aquella vieja cabaña. ¿Te parece?

—Ok, hagámoslo.

Alexander, Daniel y Luis recogieron palos secos alrededor del lugar donde preparaban la fogata. Mientras tanto, Rafael preparó la casa y dio un vistazo porque tenía más de un mes sin venir a la finca. Ya al caer la noche y lista la fogata, todos se sentaron alrededor de ella.

Cerca de aquella cabaña, tomaron cervezas y recordaron viejos tiempos, era una noche húmeda y fría solo se escuchaban los mugidos de las vacas y los relinchos de los caballos. Rafael dijo a Daniel:

—¿Te acuerdas cuando Alexander estaba enamorado de Ingrid? ¿La hermosa chica de Lurín, aquella de pelo hermoso, ojos de color miel, la misma que trabajaba en el mercado?

—¡Claro! Cómo no voy a acordarme. Lo acompañé una vez a la casa de Ingrid y su papá nos corrió con una escopeta ese viejo loco.

—¿Eso te pasó de verdad? —preguntó Luis.

—Eso es verdad, el papá estaba loco.

—¿Y qué pasó con la Ingrid?

—Ella se mudó para otro Estado y perdí su contacto, más nunca supe de ella.

Ale miró a Rafael y le preguntó:

—¿No tienes nada que contar? Estás muy callado.

Entre tragos y tragos, Rafael, ya en estado de ebriedad y más pelado que chanchito dentro de caja china, les dijo:

—Amigos, les voy a contar la verdad: no soy doctor.

—¿Cómo es eso que no eres doctor? Dijiste que eras.

—Amigos, cuando era pequeño mi madre me encontró jugando en el jardín de la casa, estaba abriendo con un bisturí a una lagartija. Me vio y le dijo a mi padre, que estaba llegando del trabajo: «Mira, amor, nuestro hijo va a ser un gran médico cirujano, el más famoso de Lima». Él, mirándome, preguntó: «¿Es verdad eso, hijo?». Y respondí: «sí, papá». Así comenzó aquella fantasía que todavía mantengo para la felicidad de ellos.

—¿Tus padres saben que no eres médico?

—Es difícil. No quiero que se decepcionen.

—Siempre estás vestido de médico. ¿Cómo haces?

—Salgo de la casa vestido de médico, pero me estaciono en la pista y me cambio en el auto antes de llegar a la carnicería y creo que ni los vecinos se dan cuenta.

—¿Por qué no te retiras y contratas a alguien que trabaje para ti ya que la carnicería es tuya y tú eres tu propio jefe?

—Cuando una persona nace para ser carnicero de corazón, ningún otro trabajo llenaría ese espacio, no lo entenderían.

—¡Claro, loco! Debe ser como lo que le pasó a Alexander cuando vino corriendo con el cubo de higo ja, ja, ja —rieron.

—Amigos, hay un refrán muy sabio que dice: «¡Camarón que se duerme, ni que lo fajen chiquito!». O aquel otro que dice: «¡palo que nace doblado es porque piedras trae!».

—Ja, ja, ja. Estás loco, Luis —dijo Rafael.

Alexander y Luis se quedaron dormidos como a eso de las dos de la mañana, ya que se habían tomado toda la caja de cervezas y estaban pasados de tragos.

Daniel y Rafael se quedaron hablando hasta un poco más de las tres de la mañana. En aquel momento sucedió un incidente que cambiaría para siempre el destino de nuestros amigos.

—Rafael, me siento un poco mareado.

—Claro, estamos tomando desde temprano.

—No sé, es un mareo distinto —y, diciendo esto, quedó inconsciente.

Rafael intento ayudarlo, al hacerlo, se le nubló la mirada y también quedó inconsciente.

Los cuatro amigos durmieron durante cuatro largos días. Ignoraban que, en aquella cabaña, Ricardo, el caporal de la finca, guardó todos los químicos para la siembra y los medicamentos para los animales de cría como vacas, cerdos ovejos, caballos y otros animales.

Unos meses antes, Rafael le había llevado una muestra nueva de un potente químico chino para fortalecer el deseo sexual de los animales. El medicamento incrementaba al mil por ciento la libido de los animales y estaba en periodo de prueba. Era sólo una muestra que tenía que usarse con mucha precaución, ya que no estaban comprobados todavía sus efectos y, por lo tanto, no resultaba seguro, por lo que podía tener efectos secundarios.

Fue así como, al cometer la imprudencia de hacer la fogata cerca de la cabaña, las cenizas y los carboncillos encendidos entraron por una ranura del suelo y provocaron un leve incendio. Aquellos químicos se incendiaron y se mezclaron de manera simultánea con el resto de químicos que estaban en aquel lugar. Dicha combustión expandió un gas inoloro e incoloro que los dejó inconscientes durante todo el fin de semana. Lo que no imaginaron nunca fue que, por aquel error, sus vidas cambiarían para siempre...

Accidentalmente los Súper G

Primera parte

Después de cuatro días de inconsciencia, Alexander logró recuperarse y despertó, confundido. Todavía un poco mareado, miró a sus amigos dormidos y procedió a despertarlos.

—Amigos, ya amaneció. ¡Despierten!

Abriendo los ojos, Daniel contestó:

—Siento que dormí como un bebé.

—Qué casualidad, también dormí como un bebé. ¿Y tú, Rafael? ¿Cómo dormiste?

—También dormí bien, tenía un dolor en la pierna derecha y ya no la tengo. Además, me siento como de 15 años. Ya no me duele la pierna ni nada y la vista mejoró ya no veo borroso. Un momento amigos ahí viene Ricardo. ¿Qué hace aquí?

—¿Quién es Ricardo? —preguntó Luis

—Es el caporal de la finca.

—¿Y tú no le dijiste que viniera el lunes? —acotó Daniel.

—Claro, no sé qué hace él aquí, pero le voy a preguntar. Hola, Ricardo, buenos días. ¿Qué haces aquí? Te dije que regresaras el lunes.

—Buenos días, patrón. Hoy es lunes, vengo a trabajar.

—¡Quééééé! ¡No puede ser! Ayer era viernes y hoy es sábado. Me estás tomando el pelo.

—Hoy es lunes —repitió el caporal.

Confundido, Rafael se acercó a sus amigos y les comentó:

—Nos quedamos dormidos durante cuatro días.

—¿Qué dices? ¿Qué está pasando? —preguntó alarmado, Alexander.

—No sé qué pasó. ¿Daniel, nos drogaste?

—¡Quéééééé! ¿Estás loco? ¿Cómo es esooo?

—Eso no puede ser ni que fuéramos osos para dormir cuatro días —agregó Luis.

—Miremos los teléfonos, verifiquemos en qué día estamos.

—¡No puede ser! ¡Es lunes! ¡Mi mujer me va a matar! ¡Dios qué locura! —gimió Daniel al comprobar, en efecto, la fecha en su teléfono.

—No conoces a la mía. Mi mujer una vez agarró un cuchillo y, cuando se me acercó, se tapó los ojos, con el cuchillo en la mano y sus brazos extendidos al frente me decía: «te voy a matar, te voy a matar» —agregó Rafael aterrado. Se rieron con la anécdota.

—Con razón le tienes tanto miedo. ¿Por qué no la denuncias?

—Sí claro. Llegaré a la policía y diré: «le tengo miedo a mi esposa, ella me golpea». Ja, ja, ja —volvieron a reír a carcajadas.

—Demándala, tienes razón y te defenderé, ja, ja, ja —arengaba Luis.

—Estamos más perdidos que los hijos de la Llorona. Tenemos varios días dormidos y no sabemos qué carajo nos pasó. ¿Y si nos durmieron y nos violaron? Revísate Luis.

—Están preocupados por sus esposas, estoy preocupado. ¿Qué le voy a decir a la mía? Vámonos para Lima de una vez, acabo de revisar el móvil: tengo 57 llamadas perdidas de ella.

—Cuando lleguemos a Lima, acompáñenme a la casa para que mi esposa vea que estábamos juntos y le decimos que nos quedamos accidentados en la vía o cualquier otra excusa que se nos ocurra —propuso Rafael.

—Ok, está bien —convino Luis.

Subieron al coche, Rafael quitó los fierros del portón de la finca, sacó el coche y le gritó a Ricardo que venía caminando hacia la entrada «cierras bien el portón, por favor», y emprendieron a toda prisa su regreso a Lima.

A poca distancia del portón de la finca, se atravesó una vaca en medio de la pista. La vaca no se movía, aunque Luis tocó con fuerza la bocina del coche. Entonces, Daniel les dijo:

—Tengo una idea.

Salió del coche, se paró frente a la vaca, la miró y le dijo, en una especie de burla y bailando de modo ridículo:

—La vaca Lola, la vaca Lola, tiene orejas y tiene cola.

La vaca lo miró con rabia y luego lo embistió. Daniel ignoraba aún que la vaca lo entendería. Al verla enfurecida, viniendo hacia él, corrió por la carretera de tierra gritando:

—¡Mierda, por qué me pasan estas cosas solo a mí!

Mientras sus amigos venían en el coche detrás de Daniel y la vaca, muertos de la risa.

Daniel logró subirse a un árbol que se encontraba en la orilla de la carretera. La vaca se detuvo frente al árbol y después de un rato perdió el interés por Daniel. Se empezó a retirar y, de repente, se paró, lo miró y le dijo:

—Te salvaste, pelón.

Daniel sorprendido no atinó a explicarse cómo fue que le habló la vaca.

Los muchachos pararon el coche frente al árbol donde estaba Daniel. Al verlos se bajó y se montó, de inmediato, al coche.

Después de varias horas de pista, rumbo a Lima, Daniel les contó:

—No me van a creer, pero la vaca me habló.

Rafael contestó:

—Te dijo acompáñame a trotar Daniel y por eso fue que corriste por la pista como la propia loca desenfrenada. ja, ja, ja

—nadie le creyó lo que dijo—. Ya no hables más, hasta llegar a Lima.

Después de varias horas, llegaron a la capital, cada quien se despidió y se fueron a sus casas.

Ya en sus casas y muy confundidos, sin saber en realidad qué les había pasado, trataron de explicarles a sus esposas. Fue así cómo sobrevino la noche.

Al despertar, la mañana siguiente, Alexander se levantó, miró al espejo y dijo:

—Espejito, ¿quién es el más bonito?

No imaginaba todavía que los productos químicos mezclados en aquella cabaña estaban cambiando su metabolismo. Su ADN transmutado lo convertirían en un hombre con superpoderes.

—Tú, gordito lindo, eres el más bonito —se respondió presumido y riéndose.

Hizo su rutina de cada mañana: entró al baño, se duchó, cepilló sus dientes, se peinó, se aprestó a planchar su uniforme, se colocó colonia. Alexander portaba su uniforme con orgullo, impecable y deslumbrante.

Una vez cumplidas las rutinas cotidianas de rigor, se fue cumplir con su deber. Llegó a su trabajo y se paró frente a la patrulla. Le hizo la revisión de costumbre y, una vez que estuvo todo chequeado y seguro, salió a recorrer su distrito para velar por el bien de los ciudadanos.

Superpoderes

Los cuatros amigos, adquirieron superpoderes de pronto. Poco a poco se manifestarían aquellos poderes.

Alexander tenía el poder de dominar la mente de personas o animales a su voluntad, pero solo por segundos. Además, adquirió facultades kinestésicas (podía mover o apagar objetos sin tocarlos).

Daniel adquirió la velocidad de un leopardo, además de escuchar a los animales a cientos de kilómetros y comunicarse con ellos. Poesía un olfato tan agudo que, a miles de kilómetros, detectaba cuándo estaban en celo los animales, incluyendo a la especie humana.

Luis se dio cuenta de que volaba, por pocos metros, pero volaba. Adquirió el poder de las aves de corral. Asimismo, imitaba los sonidos de cualquier animal y tenía una vista de águila, así como también era superveloz y su cuerpo se regeneraba de cualquier herida. Era inmortal.

Rafael tenía la fuerza de los elefantes. Además, podía manejar su cuerpo hasta llegar a estirarlo y flexibilizarlo. Su cuerpo emanaba una sustancia que enamoraba a cualquier tipo de especie existente. Tenía la capacidad de mantener la respiración debajo del agua, cambiar de color como los camaleones y supervelocidad.

Los superpoderes fueron manifestándose con fuerza.

Rafael, se levantó al día siguiente muy temprano. No pudo dormir en toda la noche pensando qué les había sucedido en su finca, ¿por qué durmieron durante cuatro días? Se levantó, sentándose frente a su computadora, e intentó indagar sobre lo sucedido.

Tomó el teléfono y, uno a uno, marcó a sus amigos. Quería hablarles, ponerse de acuerdo para encontrarse en un lugar y hablar un poco más de lo que le estaba pasando. Después de varios intentos se comunicó con cada uno de ellos y acordaron reencontrarse en una plaza. Al llegar al lugar, cada uno de ellos expresó lo que le estaba sucediendo. Daniel fue el primero en decir:

—Me estoy volviendo loco. Ayer, cuando fui al mercado a comprar comida para el almuerzo, escuché que los pollos me decían: «sálvanos. No nos dejes morir, Daniel». Hasta supieron mi nombre. Y Los perros me miraban y podía leerles la mente también, estoy asustado.

—¡No puede ser! Un higo del tobo que trajimos de la finca me dijo: «¡devuélvemeeee al cubo! No me comas» —agregó Alex.

—Ja, ja, ja, estás loco, ¿En serio?

—Lo juro. Es verdad lo que me está pasando —y le guiño el ojo—. ¿Y a ti, Rafa? ¿Te ha pasado algo distinto?

—Sí, también tuve una experiencia extraordinaria hoy por la mañana. Cuando saqué la basura, coincidí con la vecina que está buenísima. Me miró con sus ojos verdes encantadores y también la miré. De repente, no sé qué pasó. ¡Te lo juro por mi madre o que se muera Daniel! Oí lo que pensaba: «tómame en tus brazos, Rafael». Era su deseo, o sea, oí su pensamiento. Fue clara su voz. Luego miré al vecino que estaba parado al frente y me asusté tanto cuando también oí lo que pensaba. ¡Ay Dios! Entré a la casa, no entendía qué estaba pasando.

»No sé qué nos pasó en la finca, pero ahora siento que soy más fuerte, más guapo y más sano que nunca. Amigos, si Dios puso esto que todavía no sabemos qué es y si es temporal, tenemos que unirnos para velar y combatir el crimen.

—Cuál crimen ni que nada, si todavía no sabemos sin nos van a salir orejas de burro, plumas o rabo —respondió Daniel con mucha ironía, y con cara de preocupación.

—No digas eso, Daniel, ¡por Dios! —agregó Alexander, preguntando luego—: ¿Luis, por qué estás tan callado?

—No entiendo nada de lo que nos está pasando, en este momento estoy muy confundido muchachos. Disculpen, nos vemos después...

—Espera, no te vayas. ¿Por qué no quieres hablar de esto? Puedes confiar en nosotros.

—¿Nada más me pasó a mí?

—¿Qué te pasó, Luis? Cuéntanos, puedes confiar en nosotros —repuso Rafa.

—Cuando me desperté por la mañana y me lavé la cara, me froté la nariz de un lado al otro y el rostro cambió por completo. Mi cuerpo se transformó también en una, en una... —Luis no quería decir nada a sus amigos, temía que se burlaran.

—¿En una qué?

—¡En una mujer!

—También te sucedió, pensé que era sólo a mí que me había sucedido —añadió Daniel.

—A mí también me pasó —sostuvo Alex

—¡Coño, no puede ser! ¿por qué a nosotros? —se lamentó.

—Porque estaba escrito.

Molesto por tal afirmación, Rafael rebatió:

—Escrito que seríamos maricas, mariposas, patitos, ¡no me jodas Daniel! ¿Cómo le digo a mi mujer que me transformo de hombre a mujer? ¡No hables güevadas!

En eso intervino Luis, manifestando:

—Calmémonos y hagamos un juramento: que este secreto nunca se divulgue, por el bien de nosotros; debemos investigar y saber qué nos pasó en la finca. ¿Estamos de acuerdo?

Y, colocándose la mano derecha en el corazón, mirándose entre ellos, respondieron al unísono:

—Sí, lo juramos.

—Amigos, nos vemos luego. Cualquier anormalidad que nos pase, nos comunicamos —dijo Alex—. ¿Estamos de acuerdo?

—Ok —respondieron al unísono y se marcharon.

Pasaron los días y los amigos, durante unas cuantas semanas, no se vieron. Hasta que un día, en un establecimiento de comercio de Lima, se suscitó un intento de robo con rehenes, tres secuestradores sometieron a los clientes y, por coincidencia, uno de ellos resultó ser el hijo de Daniel.

Alexander estaba, en aquel momento, de guardia y en su recorrido pasó por el lugar con su patrulla. Se detuvo y constató la situación de robo y secuestro. Entonces, observó y reconoció a Danielito. De inmediato, llamó a Luis y a Rafael y acordaron encontrarse para avisarle a Daniel. Ya en el lugar del crimen...

—¿Quién llamará a Daniel? —sostuvo Alexander.

Intervino entonces Rafael diciendo con seguridad:

—Lo haré, porque tengo el poder de la palabra, la sangre fría de los tiburones.

—Ok. Llámalo y dile, por favor, no lo asustes.

—Ok.

—Aló. ¿Quién es?

Rafael, alterado y nervioso, gritó:

—¡Daniel, hay una situación de robo y secuestro en el centro comercial Malecón y tienen a tu hijo Danielito! ¡Parece que lo van a matar, al igual que a los otros rehenes, si no les dan lo que piden!

—¡Quéééé! —respondió Daniel, con voz quebrantada—. ¡No puede ser! ¿Dime dónde? ¡Voy para allá!

Daniel salió de su casa gritando: «¡mi hijo, mi hijo!». Paró un taxi, al hacerlo, no midió su fuerza y arrancó la puerta del coche. El chofer, molesto, se bajó del carro para encararlo, pero Daniel inició su carrera de leopardo y, a 130 kph, pasó los automóviles que consiguió en el trayecto, levantó polvo a su alrededor y llegó en segundos al lugar.

Cuando llegó al lugar del secuestro, lo estaban esperando sus tres amigos que ya habían hablado entre ellos minutos antes y estaban de acuerdo en poner a prueba los superpoderes que, por casualidades del destino o por obra de Dios, habían adquirido.

—Allá en la tienda de aquella esquina está Juan Pablo, un buen amigo. Puedo hablar con él. Podemos pedirle prestado el baño y nos cambiamos sin que nadie se dé cuenta —propuso Alexander.

—Vayamos.

Llegaron, hablaron con Juan y aceptó con gusto. En el baño, los amigos se miraron temerosos. Nunca habían hecho uso de sus poderes para solventar un problema.

—Lo haremos al mismo tiempo a la cuenta de tres.

Se frotaron la cara al mismo tiempo y, en seguida, se activaron sus superpoderes, cambiando sus facciones. Así pues, sus cuerpos se convirtieron en esbeltas figuras. Las superheroínas salieron veloces hacia el lugar del suceso, vistiendo como modelos de televisión.

Los secuestradores imponían sus condiciones y sus peticiones, gritando:

—Queremos un carro blindado de transporte de valores sin chofer. Queremos que se retiren los cuerpos de seguridad del lugar o mataremos a los rehenes si no acatan nuestras órdenes.

»Si vemos cualquier movimiento sospechoso, mataremos al primero.

»Queremos un helicóptero en el aeropuerto listo. Y que la pista esté despejada al momento de salir.

Desarrollo del secuestro

En el lugar de los hechos, los secuestradores hacían sus peticiones. Por otro lado, los cuatro amigos se preparaban para hacer usos de sus superpoderes por primera vez.

De repente, aparecieron, en plena vía pública en la calle de la ciudad de Lima, la figura de cuatro seres que venían directo hacia el lugar del secuestro. Caminaban por el medio de la calle. La neblina un poco espesa, en ese instante, no dejaba ver por completo a las personas.

Se observaba la silueta de cuatro seres extremadamente fuertes que caminaban entre la neblina y se sentía el suspenso en la multitud que rodeaba al lugar. Murmuraban y gritaban: «llamen a la policía». Las superheroínas se estaban acercando más al lugar.

El comandante de las Fuerzas Especiales del Ejército preguntó:

—¡Diablos! ¿Quiénes son?

De repente, salieron desde la neblina espesa cuatro hermosas chicas vestidas con unos trajes de colores fosforescentes, encajes brillantes, lentejuelas, plumas y capas.

Daniel (Dani) vestía una braga blanca, con rayas negras y plumas de colores alrededor del cuello, un cinturón plateado y unos tacones altos del mismo color del cinturón.

Luis (Isa) llevaba un pantalón corto de lentejuelas brillantes, una camiseta amarilla, una chaqueta de cuero fucsia, una cartera de color dorada, unas botas marrones a la rodilla y unos brazaletes de colores.

Rafael (Rafi) lucía una falda corta de color verde eléctrico, una camisa blanca; un chaleco de *animal print* beige, amarrado a su cintura, con manchas de leopardos de color negro y unas botas de color marrón que le llegaban a la rodilla.

Alexander (Alex) estaba ataviada con un traje de policía sexy, vestía una camisa sin mangas de color azul, desgarrada en las puntas, un pantalón ajustado del mismo color azul eléctrico, una correa apretada a su cintura, un látigo colgándole de color amarillo a su costado, una boina ladeada de color fucsia; botas fucsia brillantes y portaba en sus muñecas unas especies de pulseras negras anchas de cuero con bisuterías brillantes.

Sus cuerpos esculturales y su vestimenta llamaban la atención de la multitud aglomerada en el lugar.

Todas «las chicas» estaban maquilladas, eran hermosas, parecían modelos de cine. Cuando se acercaron los funcionarios a ellas, Luis, con voz femenina, pero fuerte dijo:

—Tranquilos, no teman. Nosotras resolveremos la situación y tomaremos el control —pensaba: «¡Ay, Dios, siempre quise decir esto!».

—¿Quiénes son? ¿De dónde salieron? Nunca las había visto por aquí —respondió el comandante con asombro.

—Somos las nuevas superheroínas. De ahora en adelante lucharemos por la justicia y la paz del todo el mundo.

En aquel momento el comandante se desarmó de la risa y hasta ellos estallaron en carcajadas. Alex le preguntó a Dani:

—¿Por qué te ríes?

—Noooo sééé́é, la risa es contagiosa —dijo también con voz femenina y sin parar de reír.

La risa alocada duró un buen rato, luego de varios minutos, una vez calmados ya de reír, el comandante dijo:

—Por favor, apártense. No queremos que se vayan a lastimar chicas —acercándose con intenciones de tratar de sacarlas del lugar.

No obstante, justo cuando quiso proceder, Alex hizo uso de sus poderes: controló la mentalidad del comandante, lo obligó a actuar como una dama. En consecuencia, de la manera más alocada, cambió sus gestos, sus palabras y hasta su forma de caminar.

De repente, aquel comandante había perdido el control de su cuerpo y de su mente:

—Ay, mijito, no te enojes conmigo, solo cumplo con las órdenes. Si quieres resolver este problema hazlo. Está bien —y dando una orden con gestos y timbre de mujer, moviendo su cuerpo como una fémina, dijo—: ¡Retírense del lugar muchachos! Nos largamos de aquí.

El resto de los militares que estaban a la orden del comandante, miraron asombrados y desorientados. Uno de aquellos susurró: «éramos muchos y parió la abuela» y se alejaron del lugar, dejando solos a las superheroínas que, en aquellos momentos, caminaron hacia la entrada del establecimiento. Mirando hacia el local Dani gritó con voz temblorosa y con ganas de llorar, tan fuerte que se oyó como el rugido de una leona:

—¡Suelten a mi hijo o sentirán la furia de una madre! ¡Suéltenlo, mi hijooooooooooo!

—¿Tú eres loca, marica? ¡Cállate! ¿Acaso no te das cuenta que eres una mujer? Danielito no sabe que eres tú. ¿Quieres que se suicide después que se termine todo esto? —Isa logró, de aquel modo, calmar a Dani.

Mientras tanto, el líder del secuestro les gritó a las superheroínas:

—¿Qué hacen aquí? ¿Quiénes son? ¿Cuál es su hijo?

Dani estaba muy asustado temblaba, con una expresión nerviosa en su cara, Luis Isa atinó a decirle al secuestrador:

—Suéltenlos, mijooooo.

Durante la conversación, Alex utilizó sus superpoderes, se apoderó de la mente del secuestrador y le ordenó que abriera la puerta. Hipnotizado abrió la puerta y aprovecharon las superheroínas para entrar, tomando posiciones estratégicas. Dani se colocó al frente, en la entrada del establecimiento; Isa en la esquina izquierda; Alex a la derecha y Rafi se entremezcló entre los rehenes.

El secuestrador gritó:

—¿Quieren morirse verdad? ¿Acaso no fui claro? —mirándolas de cerca agregó con ironía—: Con esa cara que tienen, ¿quién no va a querer morirse?

Dani, en *shock*, casi paralizada vio a su hijo tirado en el suelo, llorando y muy asustado. Estaba horrorizada, muchas cosas pasaron por su mente en aquel instante eterno y con lágrimas en sus ojos quería correr y abrazarlo, tenía sentimientos encontrados.

Isa más calmada miró y estudió el lugar, se movió con disimulo y de manera táctica, pero muy lenta como una pereza hizo uso de sus superpoderes.

Dani continuaba en *shock*, porque en aquel momento tenía el corazón de una mujer, pensaba solo en su hijo. «Mi chiquito», pero reaccionó dando un paso al frente se paró frente a los secuestradores y gritó fortísimo:

—¿Cómoooooooo le hacen esto a mi niño? ¡Me las pagarán estúpidoooooos!

Tomó impulso y se lanzó de frente contra uno de los tres secuestradores utilizando la supervelocidad, desarmándolo, lanzando el arma de fuego a un lado, luego lo agarró y le propinó mil cachetadas por segundo. Gritó eufórico:

—¡No te metas con mi muchacho, concha de tu madre!

Lo lanzó con una fuerza sobrenatural a varios metros de distancia, dejándolo inconsciente en cuestión de microsegundos.

Los otros dos delincuentes, intentaron reaccionar al instante, al ver la acción ultrarrápida de Dani y cuando uno de los delincuentes disparó. Rafi reaccionó y, utilizando la fuerza de los elefantes, le lanzó un bolso que se encontraba en el lugar a una megavelocidad impactando en el pecho del secuestrador. En consecuencia, al recibir tal impacto, voló por los aires a muchos metros. Así quedó neutralizado el segundo delincuente.

El último delincuente, aprovechando un descuido, le disparó a Alex en el pecho. Alex cayó al suelo con las manos sobre su pecho. Los presentes estaban destrozados. Dani miró cuando impactó la bala a su amiga y gritó:

—¡Aleeeeex, nooooooooooo, amiguiiiiiis!

Todo ocurrió en cámara lenta.

Isa pensó que ya no se podía hacer nada por su amigo, con lágrimas quedó paralizado. Las personas en el lugar lloraban, se sentía mucha tristeza e impotencia. Todo pasaba en cámara lenta. Se sintió un dolor muy profundo en aquel lugar, los rehenes se abrazaban y lloraban entre ellos

Cuando Isa reaccionó, se recuperó se dio cuenta que Alex estaba herida y tirada en el suelo, se llenó de ira y gritó «¡Noooooooooo!». Tomó impulso y voló como una paloma, unos 15 metros a toda velocidad, cayéndole encima al tercer secuestrador, que no tuvo ningún chance de reaccionar. Lo abrazó y le hizo dar vueltas una y otra vez, envolviéndolo en una especie de tela de araña, que salió de su boca. Lo dejó inmóvil, como una momia. En voz baja, avergonzada colocó sus manos en su cara y con una mirada pícara susurró:

—¡Ay, Dios, menos mal que esa tela de araña me salió por la boca y no por otro lado! ¡Gracias, Diosito! —y sonrió con mucha picardía mirándose el trasero.

Dani y Rafi corrieron a ayudar a Alex. Sin embargo, no se veía nada bien y parecía una foca desparramada, tirada en el piso.

Uno de los rehenes que se encontraba dentro del lugar gritó:

—¡Llamen a una ambulancia, llamen a una ambulancia!

Y, con lágrimas en los ojos, rodearon al cuerpo de Alex, tirada, sangrando y agonizando. Aquel espectáculo fue terrible en aquel instante de suspenso y tristeza.

Rafi parada frente a ella, la miró se arrodilló y con mucho sentimiento frente a su amiga gritó muy fuerte:

—¡No te mueraaaaaaas, maricaaaaaaa! Concha de tu madre, ¡no me dejes sola, perraaaaa!

Alex al escuchar un grito tan fuerte y aterrador, reaccionó, teniendo en su sangre el ADN de los reptiles, regeneró sus tejidos al instante y de manera plena, sanando aquellas heridas mortales al cien por ciento, recobró el conocimiento. Abrió los ojos miró a Isa y dijo:

—¿Estoy en el cielo? ¡Ya morí, ya morí! —repetía.

—Tranquila, mana, no te muevas ya viene la ambulancia. Quédate quieta, amiga —contestó con voz cálida y suave.

Alex gimió, hizo un gesto y con una voz suave como que se estuviera muriendo susurró:

—Estoy como queso de dieta.

—¿Y cómo es eso?

—¡Ricota, mana! —dijo levantándose rápida y coqueta.

Se abrazaron al darse cuenta que Alex ya estaba fuera de peligro y que su herida había desaparecido por completo. Celebraron, se rieron y aplaudieron. Todo estaba bajo control.

Sonriendo, Dani abrió la puerta del lugar. De inmediato, los cuerpos de seguridad con los paramédicos, al mismo tiempo, entraron con camillas y equipos de primeros auxilios. Los policías apresaron a los secuestradores. Mientras tanto, los paramédicos se llevaron a los rehenes y los trasladaron al hospital más cercano. Rafi se encontraba todavía un poco confusa por lo que ocurrió y le preguntó asombrada a Alex:

—¿Mana, qué pasó? Vi cuando te dieron el tiro en el pecho, estabas herida y sangrando, amiga.

—Tampoco sé que pasó, amiga. Solo siento justo ahora que tengo un caldito en la parte trasera, sonrieron y salieron del lugar.

Se marcharon celebrando una de sus primeras hazañas. Cuando estaban saliendo del lugar, todas las personas que se encontraban en los alrededores, los aplaudían y les gritaban: «¡las amamos!». La multitud gritaba con mucha admiración. Ya todo el espectáculo lleno de temor y miedo había terminado. Isa miró a Dani y le dijo:

—Acuérdate, mana, Danielito no te conoce. Déjalo que se vaya solo a la casa y allá hablarás con él con más tranquilidad.

—Tienes razón, gracias, amiga. No sé qué haría si no te tuviera.

Decidieron ir de nuevo a la tienda de Juan Pablo para transformarse y cuando se alejaban del lugar de los hechos intervino el comandante del ejército y los otros jefes de seguridad. Dándole las gracias a aquellas superheroínas, uno de ellos gritó:

—Un momento, señoritas, ¿por qué se van con tanta prisa? Aún no les hemos dado las gracias.

Isa volteó la cara y los miró, respondiendo con jocosidad:

—Vamos a quitarle la mancha amarilla a Alex —y rieron.

—¿Cómo? No entiendo —dijo el comandante, pero las superheroínas respondieron al mismo tiempo:

—Nosotras sí.

El comandante insistió y esperanzado preguntó:

—¿Al menos nos podrían dar sus números de teléfono? Por si algún día llegamos a necesitarlas. Sería bueno tener dónde localizarlas.

A lo que le contestó Dani:

—Anota el mío, 987654321.

—No lo hagas, Dani —la reprendió Alex y agregó—: Nosotras los buscaremos. Cuando nos necesiten siempre estaremos para combatir el crimen, sin importar lo peligroso que sea.

—Está bien, díganme sus nombres —gritó—. ¿Cómo se llaman chicas?

Dani se dio la vuelta con coquetería y una mirada brillante. Gritó emocionado y con orgullo:

—Somos los Súper G.

Habiendo transcurrido unos minutos de la hazaña, en los Estados Unidos de América ya tenían conocimiento de la existencia de estas superheroínas, porque la noticia de sus poderes recorrió el mundo entero en cuestión de segundos.

En la Casa Blanca se encuentran reunidos, a puerta cerrada, el alto mando militar con el Presidente y el equipo del Pentágono. Están dialogando y tratando de llegar a un acuerdo para ubicar, de manera urgente, a estas superheroínas. Habían pautado pedir ayuda para neutralizar a una organización mundial terrorista, dicha célula maligna planea, desde hace mucho tiempo, acabar con la humanidad.

Ya encaminadas para llegar adonde Juan Pablo, sonó el móvil y recibió la llamada el comandante del ejército: era de los Estados Unidos. Al contestar y recibir la noticia, corrió para alcanzarlas y les gritó desde lejos:

—Muchachas, esperen, por favor. Un momento.

Alex escuchó la llamada del comandante tan fuerte como si le gritara al pie del oído y dijo:

—Esperen, chicas, creo que el comandante nos quiere hablar.

El comandante logró alcanzarlas, les informó de la situación que ocurriría, sin su ayuda, en un país extranjero.

Pronto, los Súper G se verán involucrados en una aventura nueva, llena de peligro, acción, suspenso, comedia y todo tipo de locuras, donde seguro también los acompañarás y moriremos juntos, pero de la risa.

A pocos pasos de su despedida, Dani dio un giro de 360 grados y con picardía, guiñando un ojo gritó: «¡Allá vamos, *you naiters*!»

De regreso en la playa el viejo Rafucho concluyó:

—Y bien, ¿qué opinan, niños, de esta historia que compartieron estos cuatro amigos superhéroes?

Y respondió uno de los niños:

—¡Quiero ser un superhéroe!

Con mucha alegría, después de escuchar la historia del viejo Rafucho, los niños se alejaron corriendo, riéndose…

No importa cómo, dónde ni cuándo Dios
nos trajo al mundo, solo sabemos que todos
tenemos superpoderes… ¿Cuál es el tuyo?

www.ingramcontent.com/pod-product-compliance
Lightning Source LLC
LaVergne TN
LVHW091238150826
845673LV00003B/1209

* 9 7 8 6 1 2 5 1 4 2 0 3 0 *